¡YA ES HORA!

Cecilia Minden, PhD

LEVEL ONE

SPANISH & ENGLISH eBOOKS
AV2 BY WEIGL
ADDED VALUE · AUDIO VISUAL

www.av2books.com

CÓDIGO DEL LIBRO
BOOK CODE

Y533455

El enriquecido libro electrónico AV² te ofrece una experiencia
bilingüe completa entre el inglés y el español para aprender el
vocabulario de los dos idiomas.

This AV² media enhanced book gives you a fully bilingual experience
between English and Spanish to learn the vocabulary of both languages.

Spanish

English

First Published
in English by

CHERRY
LAKE
Publishing

Navegación bilingüe AV²
AV² Bilingual Navigation

CERRAR
CLOSE

INICIO
HOME

OPCIÓN DE IDIOMA
LANGUAGE TOGGLE

CHANGE LANGUAGE
ENGLISH SPANISH

CAMBIAR LA PÁGINA
PAGE TURNING

VISTA PRELIMINAR
PAGE PREVIEW

¡YA ES HORA!

ÍNDICE

3

Las herramientas que usamos

Los **relojes** nos ayudan a saber qué hora es.

La aguja
pequeña

La aguja pequeña

Las **agujas** del reloj nos indican las **horas** y los **minutos**. La aguja pequeña nos indica la hora.

Mira la aguja pequeña.
¿Qué hora es?

La aguja grande

La aguja grande

La aguja grande nos indica los minutos. Hay 60 minutos en una hora.

La aguja grande está pasando las 12. Son las 12 y 5.

Ahora la aguja grande
está antes de las 12.
Son las 12 menos 5.

¿Puedes decir qué hora es?
Mira las agujas del reloj.

¿Has dicho que son las 4 y 10? ¡Perfecto!

¿Qué hora es ahora?

Descubre más

Los libros del Nivel Uno son para lectores principiantes. El texto está compuesto por oraciones simples, cortas y con muchas palabras cortas. Las palabras e ilustraciones son familiares para los pequeños lectores. Se incluyen de cuatro a seis palabras de contenido.

Glosario

agujas: herramientas de la parte delantera del reloj que indican la hora y los minutos

horas: unidades de tiempo. Hay 24 horas en 1 día.

minutos: unidades de tiempo. Hay 60 minutos en 1 hora.

relojes: herramientas usadas para medir el tiempo

Acerca de la autora

Cecilia Minden es la ex Directora del Programa de Lengua y Alfabetización de la Escuela de Estudios de Postgrado en Educación de Harvard. Actualmente, brinda servicios como asesora de alfabetización a escuelas y editoriales de libros y es autora de más de 100 libros infantiles.

¡Visita www.av2books.com para disfrutar de tu libro interactivo de inglés y español!

Check out www.av2books.com for your interactive English and Spanish ebook!

1 Entra en www.av2books.com
Go to www.av2books.com

2 Ingresa tu código
Enter book code

Y 5 3 3 4 5 5

3 ¡Alimenta tu imaginación en línea!
Fuel your imagination online!

www.av2books.com

Published by AV² by Weigl
350 5th Avenue, 59th Floor New York, NY 10118
Websites: www.av2books.com   www.weigl.com

Copyright ©2016 AV² by Weigl

First published in English by Cherry Lake Publishing
Copyright ©2011 by Cherry Lake Publishing

Cherry Lake Publishing
315 E Eisenhower Pkwy North Main Street
Ann Arbor, MI
U.S.A. 48108

Library of Congress Control Number: 2015934411

ISBN 978-1-4896-3955-4 (hardcover)
ISBN 978-1-4896-3956-1 (single user eBook)
ISBN 978-1-4896-3957-8 (multi-user eBook)

Printed in the United States of America in Brainerd, Minnesota
1 2 3 4 5 6 7 8 9 0 19 18 17 16 15

042015
WEP270315

Spanish Editor: Translation Cloud LLC

Weigl acknowledges iStock and Shutterstock as the primary image suppliers for this title.